D1394826

Hans Petermeijer

Klaar voor de start

Tekeningen van Helen van Vliet

Zwijsen

Logo sport: Philip Hopman

STICHTING NEDERLANDSE
KINDERJURY
1999

ꞁ✓ 6

Boeken met dit vignet zijn op niveaubepaling
geregistreerd en gecontroleerd door
KPC Onderwijs Adviseurs te 's-Hertogenbosch.

0 1 2 3 4 5 / 02 01 00 99 98

ISBN 90.276.3935.3
NUGI **261**/221

© 1998 Tekst: Hans Petermeijer
Omslag en illustraties: Helen van Vliet
Uitgeverij Zwijsen Algemeen B.V. Tilburg

Voor België:
Uitgeverij Infoboek N.V. Meerhout
D/1998/1919/66

Inhoud

1. Schoolwedstrijden

„Stilte voor de start graag."
Op de tribunes maakt het verzoek van de
wedstrijdleiding geen indruk. Het kabaal van een
paar honderd schoolkinderen gaat gewoon door.
„Stilte voor de start graag!" klinkt het opnieuw.
„Ook bij de startblokken! Zwemmer van baan drie,
stilte graag."
De jongen bij baan drie maakt een buiging in de
richting van de luidspreker. Er klinkt gelach op in
het zwembad. Gelukkig wordt het dan ook stil.
Katja en Lotte kijken gespannen naar de
zwemmers op de startblokken.
„Stond Erwin weer te jokeren?" bromt iemand
naast haar. „Kon hij het weer niet laten?"
Lotte kijkt opzij. Wim, de trainer van haar club,
staat naast haar, samen met een onbekende man.
„Hé, Wim, ben jij er ook?" lacht ze. „Kom je
kijken of er nieuw zwemtalent is? Of kom je om
Erwin aan te moedigen?"
„Of dat vriendje van jou zich daar iets van
aantrekt," zegt de trainer. „Bij de clubwedstrijden
moet ik hem vaker vertellen dat hij serieus moet
zijn, dan dat hij hard moet zwemmen."
„Je weet toch hoe hij is," zegt Lotte. „Hoe meer
spanning er is, des te meer grappen Erwin maakt.
En des te sneller hij zwemt!"
Nieuwsgierig kijkt ze naar de man naast Wim. De
trainer bromt nog even iets, maar Katja steekt

haar hand op.

„Let op," zegt ze, „de wedstrijd gaat beginnen."

De scheidsrechter langs de kant haalt diep adem.

Dan knalt zijn stem door het zwembad.

„Op uw plaatsen."

De zwemmers gaan op het startblok staan.

„Klaar..." En vrijwel direct daarop klinkt het fluitje en de zes zwemmers duiken het water in.

„Hij is als eerste weg!" roept Katja.

„Kom op, Erwin, je kunt het, kom op!" Ook Lotte schreeuwt zo hard ze kan. Hun gegil gaat verloren in het kabaal. Van alle kanten worden de zwemmers toegejuicht. Elke zwemmer hoort bij een school. En elke school wil graag dat hun zwemmer wint. Voor de zwemmer zelf. En voor de school, natuurlijk. Want de zwem-kampioenschappen in Tuilburg zijn belangrijk. Daar kijkt iedereen naar uit. Deze kampioenschappen zijn bijna net zo belangrijk als die van het voetballen. En dat wil wat zeggen!

„Baan drie neemt een voorsprong!" klinkt het uit de luidsprekers. „Zou dit het eerste record van de dag worden? Het oude record staat op naam van..." Maar niemand luistert meer. De zwemmers van baan drie en vier liggen naast elkaar. Zij zijn dan ook de snelste zwemmers van de zes. De banen drie en vier zijn daarom voor hen. Zo hebben ze minder last van de golfslag als in de andere banen.

„Kom op, Erwin," gilt Lotte. „Kom op, trekken, nog even!"

Het lijkt wel of Erwin het hoort. In de laatste

meters van de baan gaat hij in een versnelling.
Daar tikt hij aan, als eerste. Maar het is geen
recordtijd. Voor Lotte en Katja maakt dat niets uit.
Ze klappen en roepen.
„Keigaaf, Erwin! Beter, best!"
Als Erwin begrijpt dat hij heeft gewonnen, duikt
de jongen naar beneden. Omgekeerd hangt hij daar
in het water. Zijn voeten maken wiebelende
bewegingen.
„Hij zwaait naar ons," lacht Lotte. „Dat heeft hij
van tevoren gezegd."
"Is hij altijd zo?" vraagt de man naast Wim. „Dat
zal toch moeten veranderen. Je ziet dat hij het kan.
Met een andere instelling had die jongen een
record gezwommen. Daar zal ik bij de training
eens stevig aan gaan werken!"
Lotte heeft de aandacht voor de zwemmers
verloren. Nieuwsgierig kijkt ze de onbekende man
aan. Hoezo gaat hij daar bij de training aan
werken? Ze hebben al een trainer en dat is Wim.
En wat maakt hij zich druk om Erwin? Erwin is
gewoon Erwin, en toevallig haar vriendje.

2. Kriebels

Lotte kijkt de man nadenkend aan. Haar vriendin geeft haar een por.

„Kijk niet zo," zegt Katja. „Dat is onbeleefd. Heeft je moeder je dat niet verteld?"

„Ja, ma," lacht Lotte. Maar ze blijft het gesprek volgen.

Wim haalt zijn schouders op. „Je went er wel aan," zucht hij. „Al zou het soms beter zijn als hij wat serieuzer was."

De man knikt bedenkelijk. Katja kijkt even om.

„Erwin en serieus zijn," lacht ze. „Dat gaat toch niet, Wim!"

Voor Wim iets kan zeggen, klinkt een stem door de luidsprekers.

„Willen de meisje voor de vijfentwintig meter schoolslag, groepen 7 en 8, zich klaarmaken. De wedstrijd is over een paar minuten."

„Nou, meiden, jullie beurt," zegt Wim. „Jammer dat er dit jaar geen estafette is. Dat was een goede oefening voor jullie geweest. Ertegenaan, de club rekent op jullie. Lotte, ik verwacht toch minstens een nieuw record. Hoe was die yel van jullie ook weer?"

„Tjieke hé, tjieke hé, tjieke, tjieke TRB!" roepen de meisjes in koor. „Maar dat ga je nu niet zingen, hoor! Dan staan wij kei voor schut! En we zwemmen nu voor onze school!"

„Maar TRB organiseert het zwemtoernooi," lacht

Wim. „Dus een beetje aandacht voor onze oude club mag ook wel. Waar of niet, Lotte?"

Lotte knikt. Natuurlijk, TRB is wel de mega-gaafste club die er is. En dat mag iedereen weten.

De onbekende man buigt zich naar Wim.

„Je moet me toch eens vertellen wat TRB betekent," zegt hij. „Het staat zo slordig, als ik de naam van mijn nieuwe club niet ken."

„TRB is Tuilburgse Reddings Brigade," zegt Wim. „De club is opgericht in..." De mannen draaien zich om en lopen weg.

„Wie is die man?" vraagt Lotte.

„Misschien de nieuwe trainer," zegt Katja.

„Maar die zou toch alleen voor de jongste kinderen komen?" vraagt Lotte verbaasd.

Katja haalt haar schouders op. „Kom nou maar mee," zegt ze. „We moeten wel op tijd aan de start verschijnen."

Samen lopen de meisjes naar de andere kant. Voor het eerst vandaag voelt Lotte een kriebel in haar buik. Haar wedstrijd gaat beginnen...

3. Concurrentie

Vlak bij de startblokken staat een groot bureau.
Daar nemen de meisjes hun startkaart in ontvangst.
„Baan vier voor Lotte," zegt de vrouw achter het
bureau en steekt haar haar startkaart toe.
„Baan vier voor Lotte, dat klopt niet, Ankie," zegt
Katja. „Lotte is toch de snelste?" Ze kennen Ankie
goed, zij is ook een van de trainsters van TRB. Net
als alle andere jaren doet zij ook weer mee aan de
hele organisatie van het toernooi.
„Je hebt een flinke concurrente vandaag! En die
staat op baan drie," zegt Ankie en ze knikt naar
een meisje verderop. Lotte kijkt verbaasd naar de
zwemster.

„Maar dat is Ineke Tastenburg van PZV! Wat doet die hier?"

„Verhuisd zeker," zegt Ankie, „en ze heeft natuurlijk gehoord van de beroemde Tuilburgse kampioenschappen. Die mag je als zwemster natuurlijk niet missen."

Verbaasd, maar ook nieuwsgierig, kijken Lotte en Katja naar het meisje. Ineke is een van de beste zwemmers van PZV. En die club staat bijna bovenaan in de competitie. Bijna, want TRB staat nu als eerste. De Tuilburgse club heeft net iets meer punten. Volgende maand zijn de laatste wedstrijden. De beslissende!

„Maar laat je niet kennen, Lotte," zegt Ankie. „Je hebt al vaker tegen haar gezwommen. Je kent haar zwakke punten. En op de schoolslag heeft ze je nog niet verslagen. Vandaag zwem je in je eigen bad. Trouwens, er is nog geen record gesneuveld vandaag. Jij bent onze laatste hoop!"

„Maar het water is zo koud vandaag," lacht Lotte. „Dan ga ik niet snel."

„Dat zegt zij, die vroeger zeehond is geweest," spot Katja. „Jij zou nog wel trainen als je in IJsland woonde!"

„Diep ademhalen, stevig afzetten," geeft Ankie als raad. „Denk eraan, blijf lang onder water. Vijfentwintig meter is een korte afstand. Die moet je winnen op de eerste meters." De trainster steekt haar duim op.

Nog wat verbaasd loopt Lotte naar de startblokken. Zwemmen tegen Ineke Tastenburg, dat had ze niet verwacht. De kriebel in haar buik wordt erger, net als bij elke wedstrijd. Ze groet het meisje op baan drie, maar die reageert met een koel knikje. Vanaf de tribune klinkt gegil. Een stem davert over het water.

„Kom op, Lot, kom op!"

Lotte weet meteen wie dat roept. Haar vader. Ze zwaait even naar de plek op de tribune waar hij zit. Samen met moeder en Fietje, haar jongere zusje. Die zwemt straks in het laatste onderdeel.

Bovenaan op de tribunes zitten de jongens die net gezwommen hebben. Een van hen staat te dansen en te zwaaien. Erwin natuurlijk.

Dan klinkt het fluitsignaal. „Stilte voor de start graag!" Het wordt stil in het zwembad.

„Op de plaatsen." Lotte gaat op het startblok staan. „Klaar..." Lotte spant haar spieren. Daar klinkt het fluitsignaal. Precies in het fluitje zet ze af. Goed gestart, flitst het even door haar heen. Dan raakt ze het water en duikt onder. Ze houdt haar armen en benen gestrekt en maakt alleen met haar buik een golvende beweging. Onder water zwemmen mag niet, maar met deze beweging, de dolfijnslag, mag het wel.

Halverwege het bad komt ze weer boven. Snel kijkt ze rechts van haar naar baan drie. Niemand! Met krachtige slagen zwemt Lotte nu door. Voor ze het weet komt de donkere wand op haar af. Nog een laatste beweging met haar benen en ze tikt aan.

4. Een nieuw record

Als Lotte opkijkt uit het water, ziet ze boven zich het gezicht van de tijdwaarnemer. De man grijnst breed en steekt zijn duim op. Vanaf de tribunes klinkt luid gejuich.

Lotte draait zich om en kijkt naar de andere zwemmers. In baan drie komt Ineke binnen als tweede, gevolgd door Katja in baan vijf.

„Zo hé, wat zwom jij mega-mega-snel," is het eerste wat haar vriendin zegt als ze aangetikt heeft. „Wilde je de trein halen of zo?"

Lotte zegt niets en lacht alleen maar.

„Nou, tegen zo'n snelheidsmonster kunnen wij niet op, wat jij," zegt Katja, nog nahijgend, tegen Ineke.

„Kunst, als je zo lang onder water zwemt. Dat mag niet eens," zegt het meisje nijdig. „Ze zullen haar wel diskwalificeren. Dan is haar tijd niet geldig, de mijne wel!"

„Nou zeg, dat meen je toch niet," zegt Katja verbaasd. „Lotte zwemt zoals het hoort, hoor! Zij is nog nooit gediskwalificeerd."

De meisjes zwemmen naar het trapje en klimmen omhoog. Dan klinkt de luidspreker weer.

„Ja kinderen, het is toch eindelijk gebeurd! Tot vanmiddag is er geen enkel record gebroken op dit toernooi. Maar daarnet wel! Een record dat maar liefst drie jaar oud was, is nu gebroken met twee seconden door Lotte Campman! Applaus graag!"

Katja slaat haar vriendin op de schouders.

„Keigaaf, meid," zegt ze, „gezwommen zoals het hoort. Niks diskwalificatie!"

Dat laatste is gericht tegen Ineke, die opeens erg druk is met het zoeken naar een handdoek.

„En dan nu het laatste onderdeel van vandaag. De schoolslag voor meisjes van groep vijf en zes. Willen de deelnemers zich klaarmaken," klinkt het weer uit de luidsprekers.

„Kom mee, we gaan kijken," zegt Lotte. „Fietje moet nu zwemmen. In de voorronden was ze telkens de eerste van haar serie. Als ze nu wint, mag ze misschien wel bij ons in de ploeg!"

„Wil ze dat dan?" vraagt Katja. „Ik dacht..."

Maar Lotte laat haar vriendin niet uitpraten. „Kom, daar is ze al." Met een handdoek over zich heen, loopt Lotte haar zusje tegemoet.

„Kom op hè, Fietje," roept ze. „Je weet het, Wim zit te kijken. Als je net zo zwemt als anders, mag je vast in de wedstrijdploeg. Keigaaf, joh! Ben je ook lid van TRB."

Haar zusje kijkt haar onzeker aan.

„Ben je zenuwachtig? Maakt niet uit, hoor, dan zwem je des te beter!" moedigt Lotte haar aan.

Fietje loopt door naar de tafel van de leiding. Daar worden ze met de wedstrijdkaart doorgestuurd naar de startblokken. Voor de wedstrijd begint, heeft de voorzitter van de jury nog een praatje. Hij vertelt hoe goed alles verlopen is, bedankt de mensen van TRB en kondigt de laatste wedstrijd aan. Dan loopt hij met de microfoon naar Fietje.

„Ja, dames en heren, daarnet is door Lotte
Campman een record gebroken dat al jaren stond.
En hier in de laatste wedstrijd staat het zusje van
Lotte. Dag, hoe heet jij?"

„Fietje," klinkt het aarzelend door de luidsprekers.

„En ga jij ook weer een record breken?" vraagt de
voorzitter. „Jij kunt vast net zo goed zwemmen als
je grote zus. Waar of niet?"

Fietje haalt haar schouders op.

„Dat weet ik niet," zegt ze zachtjes. Ondanks de
luidsprekers is ze nauwelijks te verstaan.

„Goed, we zullen zien," zegt de voorzitter.

„Scheidsrechter, aan u het laatste woord."

Katja knijpt Lotte in haar arm.

„Oeh, echt voor schut, zo voor een heel zwembad.
Dat zal Fietje niet leuk vinden. Echt wel triest!" Ze
trekt een lang gezicht.

„Nou zeg, het is toch keileuk van die man," zegt
Lotte. „Zo merkt ze dat ze al bij de club hoort."

Katja zegt niets meer, maar trekt alleen haar
wenkbrauwen op.

De scheidsrechter gaat naar voren.

„Op uw plaatsen," zegt hij. „Klaar..." En daar
klinkt het fluitje.

De zwemsters duiken in het water. Maar niet
allemaal. Fietje blijft als verstard op het startblok
staan.

5. Tranen

Stomverbaasd kijkt Lotte naar haar zus. Waarom springt ze niet? Het groepje zwemmers om haar heen begint te roepen en te fluiten.
„Springen, Fiet! Kom op, ze zijn begonnen!" gilt Katja.
„Kom nou, Fietje, zwemmen," roept Lotte nu ook. Haar zusje aarzelt even en duikt dan toch het water in. Lotte loopt langs de rand van het zwembad met haar mee, zover ze kan.
„Zwemmen, Fiet, je kunt het, kom vooruit!"
Het lijkt wel of de aanmoedigingen helpen. Fietje schiet door het water.
„Je haalt ze in!" roept Lotte. „Kom op, doorgaan! Je kunt het!"
Langzaam maar zeker nadert Fietje de zwemmers voor zich. Daar passeert ze de eerste, even later nog een.
„Kom op, door," gilt Lotte nog. Maar dan is het voorbij. Vijfentwintig meter is te kort om zo'n achterstand in te lopen. Een voor een tikken de zwemmers aan, Fietje eindigt als vierde.
„Hoe kan dat nou?" zegt Lotte als haar zus druipend op de kant staat. „Je ging zo goed in de series! En nou blijf je gewoon staan als het fluitje gaat. Daar hebben we zo op geoefend! Luisteren, en als de scheidsrechter 'op uw plaatsen, klaar...' zegt, tot twee tellen. En dan duik je het water in. Zo ben je bijna altijd weg in het fluitsignaal. Maar jij bleef staan..."

Lotte voelt dat ze kwaad wordt. Zo vaak hebben ze geoefend, en zo lang. Fietje en zij op de startblokken, haar vader met een fluitje aan de kant.

„Wat een oen ben je!" Het is eruit voor ze er erg in heeft. Als ze tranen in de ogen van Fietje ziet verschijnen, heeft Lotte ook meteen spijt.

„Nou ja, het geeft ook niet. Wim zal heus wel hebben gezien dat je goed zwemt. Ik ga straks wel naar hem toe. Dan mag je het volgende seizoen vast wel met de wedstrijdploeg meedoen."

Fietje zegt niets en kijkt naar de grond. Langs haar neus glijden grote druppels op de grond.

„Nou, je hoeft niet zo te huilen. Dat van die oen meende ik niet. Ik heb ook wel eens verloren, hoor." Lotte slaat haar arm om Fietje heen.

„Kom, ga maar gauw even naar papa en mama. Die willen ook wel horen wat er mis ging."

Ze geeft haar zusje een duwtje in de goede richting. Met afgezakte schouders loopt Fietje naar de tribunes.

Zelf gaat Lotte op zoek naar Wim. Ze vindt hem bij de tafel van de wedstrijdleiding

„Heb je mijn zus zien zwemmen, Wim? Ze doet het keigoed, vind je niet? Jammer van die start, maar dat leert ze wel als ze bij de wedstrijdploeg zwemt en..."

Wim steekt zijn hand op.

„Ho even, dame," zegt hij lachend. „Voordat je je zus al voorstelt aan de groep, zijn er nog wat zaken te bespreken. Je zus zwemt heel goed, dat is waar.

En zo'n slechte start is jammer, want anders had
ze zeker gewonnen. Als je dan toch nog twee
zwemmers inhaalt, heb je wel kracht. Dus als je
zus het echt wil, kan ze zo bij de wedstrijdploeg.
Maar dan moet ze wel willen."

„Natuurlijk wil ze dat," protesteert Lotte.

De trainer kijkt haar lachend aan.

„Niet iedereen is zoals jij, Lotte. Niet iedereen is
zo weg van zwembaden. Of van TRB. Maar goed,
als ze echt wil, kan het, denk ik, wel. Als de trainer
het goedvindt, tenminste..."

„Ja, hoe is het nou," zegt Lotte. „De trainer ben jij
toch!"

„Er gaat een hoop veranderen in de club," zegt
Wim. „Dat hoor je volgende week wel."

„Maar..." sputtert Lotte.

„Nee, verder vertel ik niets," lacht Wim. „Anders
weet straks de hele club het."

Hij kijkt naar een groepje mensen in de hoek van
het zwembad.

„Misschien verandert er nog wel meer." Lotte kijkt
naar het groepje. Het zijn Erwin en zijn vader en
nog een andere man.

„Maar dat is..." begint Lotte.

„Ja, dat is de trainer van PZV. En waarover zou
die het nu hebben met Erwin?"

Lotte kijkt de trainer niet-begrijpend aan.

„Erwin zou niet de eerste zijn, die wordt gevraagd
over te stappen naar PZV."

Verschrikt kijkt Lotte weer naar het groepje aan de
overkant. Erwin naar PZV, nee, dat kan niet!

6. Veranderingen

Als Lotte aangekleed is, loopt ze snel de gang
naast de kleedkamers in. Ze moet Erwin spreken!
De jongen zit al op haar te wachten, in een nis bij
het raam. Dat is hun gebruikelijke plaats als ze op
elkaar wachten.
„Wat moest die trainer van PZV van je? Wil hij
dat je bij hen gaat zwemmen? Je gaat toch niet
weg bij onze club?”
„Zo hé, je kunt hier ook met niemand even staan
praten,” grijnst Erwin. „Jij bent pas de vierde die
me ernaar vraagt. Maar ik ga niet weg. Tenminste,
nu nog niet, denk ik.”
„Nu nog niet, helemaal nooit niet, zul je
bedoelen,” briest Lotte. „Maar wat wilde hij dan?”
Ze is toch niet helemaal zeker.
„Gewoon, even praten. Hij heeft me zien
zwemmen, en dat vond hij wel gaaf. En hij vroeg
of ik er wel eens aan gedacht heb om bij PZV te
gaan zwemmen.”
„Nou, dat doe je mooi niet,” zegt Lotte heel
beslist. „Er is maar één club en dat is TRB! En nu
gaan we zo'n grote staaf ijs halen. Je wilt niet
weten hoe lekker die zijn. Ik trakteer!”
„Jawel, generaal,” zegt Erwin en hij volgt haar
lachend.

De ijsco van Lotte is inderdaad zo groot dat ze
hem nauwelijks op heeft als ze thuiskomt. Zoals zo

vaak, staat Fietje met een bal te stuiteren tegen de muur van de garage. Ze vangt de bal op met de toppen van haar vingers en tikt hem dan weer weg. „Hé, keigoed doe je dat," zegt Lotte. „Dat lijkt wel echt volleybal. Van wie heb je dat geleerd?"
Fietje haalt haar schouders op.
„Gewoon, op school. En gekeken op tv hoe ze dat doen."
„Leuk, misschien kun je straks ook nog wel bij waterpolo. Dat is er ook bij TRB."
Onmiddellijk betrekt het gezicht van Fietje. Ze draait zich om en speelt verder. Met driftige tikken speelt ze de bal tegen de muur. Lotte kijkt haar verbaasd aan. Wat heeft ze nu weer verkeerd gezegd?

Enkele dagen na de schoolwedstrijden is er weer een training van TRB. Voor ze het water ingaan, wordt de hele zwemploeg bij elkaar geroepen. De voorzitter van de club gaat op een trapje staan. Iets verderop staat Wim met een andere man. Lotte stoot Katja aan.
„Zie je dat," zegt ze, „dat is die man die ook bij het schooltoernooi was. Ik ben benieuwd wat die hier komt doen."
„Dames, heren, mag ik even jullie aandacht," zegt de voorzitter. „Ik heb een paar bijzondere mededelingen. Wat minder leuk, maar gelukkig zit er ook goed nieuws bij."
In de ploeg klinkt geroezemoes. Wat is er allemaal aan de hand?

„Eerst het slechte nieuws maar. Zoals jullie misschien wel weten, heeft Wim pas een nieuwe baan. Dat is natuurlijk heel fijn, maar er doet zich een probleem voor. Voor dat werk moet Wim vier weken naar het buitenland. Hij vertrekt morgen..."
Even is het stil, dan klinkt er een bezorgd gemompel. Wim weg, zo vlak voor het einde van het seizoen? Ze hebben nog maar één wedstrijd te gaan. Als ze die winnen, zijn ze kampioen! Wim weg, nee, dat kan niet, ze hebben een trainer nodig.
De voorzitter steekt even zijn hand omhoog.
„Ik snap dat jullie je zorgen maken. Zonder trainer wordt het moeilijk het kampioenschap te halen. Maar het goede nieuws is dat we een oplossing hebben gevonden in de persoon van Hilbert."
Hij wijst op de man naast Wim.
„Hilbert is pas in Tuilburg komen wonen. Vroeger heeft hij onder meer gezwommen bij PZV. Die club kent hij goed en dat komt ons wel van pas. Hilbert gaat de trainingen vanaf vandaag overnemen."
De groep kijkt de nieuwe trainer nieuwsgierig aan.
Dan wordt de stilte verbroken door een kreet.
„Hoera voor Hillie Krokedillie," klinkt het.
Het is Erwin natuurlijk weer. Iedereen lacht.
„Dat is onze grootste grappenmaker," lacht de voorzitter. „Hou die maar goed in de gaten!"
„Dat zal ik zeker doen," zegt de nieuwe trainer met een lach. Lotte kijkt hem aan. Hij vindt het helemaal niet leuk, denkt ze. Zijn ogen lachen niet.

„Tot slot nog twee mededelingen," zegt de voorzitter. „We hebben er een nieuw lid bij, wier zwemtalent we goed kunnen gebruiken." Hij wijst op een meisje dat half verscholen achter de springplank staat. „Jullie kennen haar wel, Ineke Tastenburg. Tot voor kort zwom ze bij PZV. Omdat haar ouders verhuisd zijn naar Tuilburg, zwemt ze nu bij ons."

Lotte en Katja kijken elkaar aan.

„Dat stomme kind," sist Katja. „Echt gezellig, maar niet heus."

Lotte knikt.

„En dan hebben we nog een traditie hoog te houden," zegt de voorzitter. „Wat doen we ook al weer als iemand een nieuw record heeft gezwommen?" Hij wijst naar Lotte, die meteen rood wordt.

„Jonassen," klinkt het. Sterke handen pakken Lotte bij haar armen en benen. „Een, twee, drie," joelt de hele groep. Twee jongens jonassen Lotte het water in. Als ze weer bovenkomt, duiken de andere zwemmers het water in. De training is begonnen.

7. Toestanden

„Je wilt niet weten wat voor een zware training ik heb gehad," roept Lotte als ze thuis haar moeder ziet.

„Was het zo erg?" lacht die. „Voordat jij zoiets zegt, moet er veel gebeurd zijn."

„Zo hé, wat liet die man ons werken. Ik ben keikapot!"

Lotte laat zich in de bank vallen.

„Waar is Fietje? Hebben jullie nog naar Wim gebeld of ze bij de wedstrijdploeg mag?"

Haar moeder kijkt haar nadenkend aan.

„Je bent me er een," zegt ze. „Je komt zelf afgebeuld thuis, maar je wilt wel dat je kleine zusje dat ook doet. Maar ik heb een verrassing voor je. Kijk maar eens..."

Moeder loopt naar de trap en roept Fietje. Die huppelt even later breed lachend naar beneden. Ze heeft een nieuw trainingspak aan, met daarop in grote letters WVV. Lotte kijkt haar niet-begrijpend aan.

„Wat is dat nou voor een pak? En wat betekenen die letters?"

„WVV betekent Willem II Volleybal Vereniging. En dit is het trainingspak van de club!" zegt Fietje trots.

„Bedoel je dat...?" Fietje knikt. Stomverbaasd kijkt Lotte van haar zus naar haar moeder.

„Maar je zou toch gaan zwemmen?" Lotte snapt er

niets van. Fietje kijkt even naar moeder.

„Fietje en ik hebben eens lang gepraat," zegt die.
„Over het schooltoernooi en over zwemmen. En
over volleybal. Dat is wat Fietje het liefste wil.
Volleyen en niet zwemmen. Daar geeft ze niets
om."

„Wat zonde, ze zwemt keigoed," zucht Lotte. Ze
kan het allemaal niet volgen. Hoe kan iemand nou
niets om zwemmen geven?

„Ik denk dat Fietje ook heel goed zal volleyen.
Maar wat belangrijker is, ze zal dat met meer
plezier doen. En daar gaat het bij sport toch ook
om, om plezier hebben."

„Maar ze kan zo bij de wedstrijdploeg! Dat heb ik
aan Wim gevraagd en die zei..." Lotte is even stil.
Ze weet ineens weer wat Wim allemaal zei. „Wim
zei dat Fietje kon zwemmen, maar dat hij niet wist
of ze het wel leuk vond. Dus Wim had het ook al
gezien." Lotte kijkt haar zusje aan.

„Maar waarom zei je dat dan niet, dat je niet wilde
zwemmen?"

„Dat is ook onze schuld," zegt moeder. „Wij
waren allemaal zo enthousiast over jouw prestaties
en jouw plezier in het zwemmen. Daardoor zagen
we niet dat Fietje er anders over dacht."

„Wat vindt papa ervan?"

„Die gelooft nu dat bij de volgende Olympische
spelen alletwee zijn dochters meedoen," lacht
moeder. „De ene bij de Nederlandse zwemploeg
en de andere bij het Nederlandse volleybalteam."
Lotte en Fietje schieten tegelijk in de lach. Het

idee alleen al...

Lotte pakt haar zwemtas en loopt naar de trap.
Even draait ze zich om en kijkt naar Fietje.
„Keigaaf trainingspak heb je," zegt ze. „Volgens mij is het ook een keitoffe sport."
Fietje lacht blij.
Langzaam loopt Lotte naar haar kamer. Eerst een nieuwe trainer op de club en dan die Ineke erbij.
En nu Fietje die niet gaat wedstrijdzwemmen. Wat een toestanden! Het moet toch niet erger worden!

8. Ruzie

Maar het wordt wel erger. De trainingen van Hillie
blijven zwaar. Vaak hangen kinderen uitgeblust
aan de lijnen. Het gemopper is niet van de lucht.
„Doorgaan," zegt Hilbert. „Acht banen borstslag
in eigen tempo. Daarna opnieuw, maar dan
rugslag. Afsluiten met acht banen vlinderslag. De
dames van de estafette zwemmen apart in baan 6."
De vier meisjes gaan naar hun baan. Lotte voorop.
Als snelste start zij altijd als eerste. Daarna Katja,
en de andere twee volgen.
Bij de vlinderslag krijgt Katja kramp. Met een van
pijn vertrokken gezicht gaat ze aan de kant
hangen. Lotte komt bij haar en strekt haar been.
„Lotte en Katja, zwemmen! De estafette is het
onderdeel waar we op kunnen winnen. Straks in de
finale kun je ook niet stoppen, dus doorgaan."
„Maar ze heeft kramp," protesteert Lotte. „Dan
kan ze toch niet..." Er komen meer zwemmers
even aan de kant hangen.
„Niet zeuren," zegt Hilbert. „Als je adem genoeg
hebt om te mauwen, heb je zeker nog adem voor
een korte sprint. Maar het is jullie niet helemaal
duidelijk, geloof ik. Kom het water maar eens uit,
allemaal."
Als alle zwemmers aan de kant zijn, gaat Hilbert
op een startblok staan.
„We krijgen een preek," spot Erwin. „Of hij gaat
oefenen voor standbeeld, dat kan natuurlijk ook."

Hilbert kijkt hem strak aan.

„Goed, als Erwin ook de moeite wil nemen om stil te zijn," zegt hij. „Kijk eens, wat ik wil is dat deze club wint van PZV. Dat kan alleen met veel trainen. Wie hier moe van wordt, gaat maar een andere sport zoeken. Mens-erger-je-niet of zoiets."

„Haha, lolly," roept Erwin. „Die Hillie Krokedillie, wat een humor."

„Wil je gewoon mijn naam noemen," zegt Hilbert. „En lolly, waar slaat dat nou weer op?"

Dat gaat verkeerd, denkt Lotte. Ze ziet dat de trainer kwaad wordt.

„Hij bedoelt dat het lollig is," zegt ze snel.

„Lollig, ik bedoel het niet lollig," zegt Hilbert. „En probeer eens gewoon Nederlands te praten, jongen. Dan begrijpen we je tenminste. Je bent hier niet op school of in de discotheek."

„O, ik dacht al, wat staat de muziek zacht," grapt Erwin.

„Jongen, doe eens niet zo bijdehand," zegt de trainer. Aan zijn stem is te horen dat hij zich ergert aan Erwin. Maar die trekt zich er niets van aan.

„Beter bijdehand dan bij de brand. Want dan moet je blussen!" is zijn antwoord.

„En nu is het genoeg," zegt Hilbert. „Die grappen van jou ergeren me al een tijd. Als je niet serieus met je sport bezig wilt zijn, vertrek je maar. Ga maar op de tribune zitten, of doe iets anders. Maar ik wil je niet meer hier op de training."

Ineens is het doodstil in de groep. Zoiets had niemand verwacht.

„Hij maakt maar een grapje," zegt Lotte zacht.
„Nou, ik niet. Ik meen het," snauwt Hilbert. „Wie
in de wedstrijdploeg wil blijven zwemmen, doet
mee zoals ik dat wil. En dat betekent nu allemaal
het water in. Vier banen borstslag, vier banen
rugslag en vier banen schoolslag. En dat drie keer
achter elkaar."
Hij kijkt de groep rond.
„Nou, komt er nog wat van?"
Een voor een duiken de zwemmers het water in.
Lotte kijkt even naar Erwin. Die haalt zijn
schouders op en pakt zijn zwemtas.
„Ik zie je straks wel," zegt hij en loopt weg.
Dan duikt Lotte ook maar het water in. Voor de
eerste keer met tegenzin.

Het is opmerkelijk rustig tijdens de training.
Iedereen lijkt wel onder de indruk van het
wegsturen van Erwin. Voor Lotte komt het
eindfluitje als een verlossing. Ze heeft de hele
training door zonder fut gezwommen.
Als ze is aangekleed, zoekt ze Erwin op. Hij zit
zoals altijd in de nis bij het raam.
„Zeker een leuke training gehad van Hillie
Krokedillie?" zegt Erwin spottend.
„Waarom doe je nou zo," zegt Lotte. „Je weet toch
hoe hij is. Wim kon wel tegen die grapjes van jou,
maar Hilbert niet. Hij is triest, maar we hebben
hem toch even nodig. We moeten kampioen
worden, weet je wel!"
„Ik word geen kampioen, tenminste niet bij TRB,"

zegt Erwin en hij springt op de grond. Samen lopen ze naar buiten, naar de fietsen.

„Wat bedoel je daarmee? De wedstrijden zijn pas over een paar weken en dan laat Hilbert je heus wel meedoen. Het kost wedstrijdpunten als jij niet zwemt."

„Ik doe niet mee bij TRB," zegt Erwin. Hij kijkt Lotte niet aan. „Ik ga bij PZV zwemmen."

Er valt een zware stilte. Ongemakkelijk draait Erwin op zijn hakken.

„Je zou niet weggaan, dat heb je zelf gezegd. En nu ga je ineens wel. Wat is dat nou?"

Lotte moet moeite doen om haar tranen binnen te houden.

„Had dan je mond gehouden tegen Hilbert!"

„Met Hilbert heeft het niets te maken," zegt Erwin. „Nou ja, niet alles. In de zomervakantie is er een zwemkamp bij PZV. Daar komen mensen van de zwembond kijken wie ze volgend seizoen opnemen in de Nederlandse jeugdploeg. Als ik lid word van PZV, kan ik mee naar dat kamp. Volgens de trainer van PZV maak ik grote kans om te worden uitgekozen."

De jongen staart even voor zich uit.

„Maar als je nu lid wordt van PZV, dan zwem je bij de kampioenschappen ook bij hen! Dan laat je ons in de steek." Lotte begint langzaam maar zeker kwaad te worden.

„Dat gebeurt toch wel vaker," zegt Erwin, „ook bij andere clubs. Ik dacht dat jij dat wel zou snappen. TRB is een toffe club, maar bij PZV zijn meer mogelijkheden. Ik ben toch stom als ik deze kans voorbij laat gaan?"

Lotte slikt een paar keer en pakt dan haar zwemtas.

„Stom ben je zeker," zegt ze en stapt op haar fiets. Zonder nog om te kijken, rijdt ze weg.

9. Wisselingen

Als Lotte en Katja de volgende dag naar de training fietsen, zijn ze stil. Katja heeft al snel in de gaten dat ze maar beter kan zwijgen.
Als de meisjes de kleedkamer binnengaan, valt er een diepe stilte. Iedereen weet het dus, denkt Lotte. Iedereen weet dat Erwin bij PZV gaat zwemmen.
Ineens proberen alle meisjes van de ploeg heel opgewekt te doen.
„Kom op joh, je hebt zo een nieuw vriendje," lacht er een.
„Och, mis je je vriendje zo erg?" plaagt er een als Lotte niets zegt. Ze bedoelen het goed, maar Lotte moet moeite doen om niet uit te vallen. Ze draait zich om en trekt haar zwempak aan.
„Is de verkering nu echt uit?" zegt iemand spottend. Lotte draait zich met een ruk om. Die opmerking kwam van Ineke Tastenburg.
„We hadden helemaal geen verkering," valt ze uit.
„En trouwens, ik snap helemaal niet waar jij je mee bemoeit."
„Die Erwin heeft helemaal gelijk," gaat Ineke door. „Bij PZV wordt tenminste echt getraind. Niet zoals hier in dit amateurclubje, waar alleen wordt gezeurd." Uitdagend kijkt ze de kleedkamer rond. „Ik denk alleen dat die Erwin wel snel terug zal zijn. Bij PZV zwemmen er een stel al veel sneller dan hij."

Alle ogen zijn nu op Lotte gericht. Van haar wordt nu een antwoord verwacht.

„Maar waarom zwem jij dan toch hier, bij dit amateurclubje?" doet ze heel verbaasd. „Zeker omdat we zo gezellig zijn?"

De meisjes lachen zachtjes.

„Ik zwem niet voor de gezelligheid," zegt Ineke. „Ik zwem om te winnen. Dat doen we allemaal bij PZV."

„En zelfs winnen is jullie tot nu toe niet gelukt," zegt Lotte, met veel nadruk op 'jullie'. „Want wie staat er bovenaan?"

Ze kijkt triomfantelijk de groep rond.

„Tjieke hé, tjieke hé, tjieke, tjieke, TRB."

Giechelend lopen de meisjes de kleedkamer uit.

De training gaat beginnen.

Opnieuw deelt Hilbert de zwemmers in over de verschillende banen. De estafette-ploeg krijgt baan zes. Als de vier meisjes ingezwommen hebben, komt de trainer aanlopen.

„Laat maar eens zien wat jullie kunnen," zegt hij en neemt zijn klok in de hand. „Ik ga de tijd opnemen. Dan kunnen we eens bekijken wat er met deze ploeg moet gebeuren."

De meisjes kijken elkaar verbaasd aan. Hoezo, wat moet er bij hen gebeuren?

„Kom, klaarstaan, doe maar alsof het de wedstrijd is," zegt de trainer.

Tinie, die de rugslag doet, gaat in het water. De anderen gaan in volgorde achter het startblok staan.

„Op uw plaatsen, klaar..." Hilbert blaast op zijn
fluit. Tinie zet af en is weg. Na vier banen is
Klaartje aan de beurt met de vlinderslag. Daarna
komt Lotte met de schoolslag en Katja sluit af met
de borstslag.
Als zij aantikt, zet Hilbert zijn klok stil.
„Hm," zegt hij. „Nu nog eens, maar dan anders.
Lotte borstslag, Katja de schoolslag."
„Ja maar, dat kan toch niet," protesteren de
meisjes. „We hebben toch elk onze eigen slag.
Daar hebben we al die tijd op geoefend."
„Weet ik," zegt Hilbert. „Maar voorlopig kom ik
nog zeker twee seconden tekort op jullie tijd.
Daarmee kunnen we de wedstrijd verliezen, en zo
ook het kampioenschap."
„Maar..." probeert Lotte nog. De blik in de ogen
van de trainer zegt genoeg. Opnieuw zwemmen de
meisjes, nu in andere volgorde. Als ze klaar zijn,
kijkt Hilbert zuinig naar zijn klok.
„Dit moet anders," zegt hij beslist. „Vanaf nu
traint Ineke Tastenburg met jullie mee."
Hij draait zich om om het meisje te gaan halen. De
estafette-ploeg blijft stomverbaasd achter.

10. Opnieuw concurrentie

Ineke komt met een triomfantelijke blik in haar ogen bij de groep staan.

„Hilbert is lid van PZV geweest," zegt ze. „Dat kun je wel merken."

De andere meisjes doen net of ze niets horen, of Ineke er ook niet is. Maar dat wordt moeilijk als Hilbert aan de hele groep de opdracht geeft voor acht banen wisselslag. Lotte stapt als snelste van de vier estafette-zwemmers naar het startblok. Maar Ineke is haar voor.

„Ik heb betere tijden dan jij," zegt ze. „Dus ik zwem voorop. Anders zwem ik de hele tijd tegen jouw benen aan." Ze stapt op het startblok en duikt het water in. Even is Lotte sprakeloos. Kwaad draait ze zich om naar de anderen.

„Hoorden jullie wat ze zei, die trien! Wat een spatjes heeft die, zeg!" Dan klinkt de stem van Hilbert. „Zwemmers van baan 6 het water in!" Lotte duikt het zwembad in. Ze is zo kwaad, dat ze sneller dan ooit door het water gaat. Even later heeft ze Ineke ingehaald en tikt ze tegen haar voeten. Normaal gaat de eerste zwemmer dan opzij. Ineke doet dat niet. Zij gaat harder zwemmen. Even later zakt ze weer wat terug, zodat Lotte haar voeten weer raakt. Maar opnieuw zwemt Ineke ineens weer veel harder. Lotte wordt steeds kwader. Als ze de acht banen hebben gezwommen, gaan de meisjes weer op de kant.

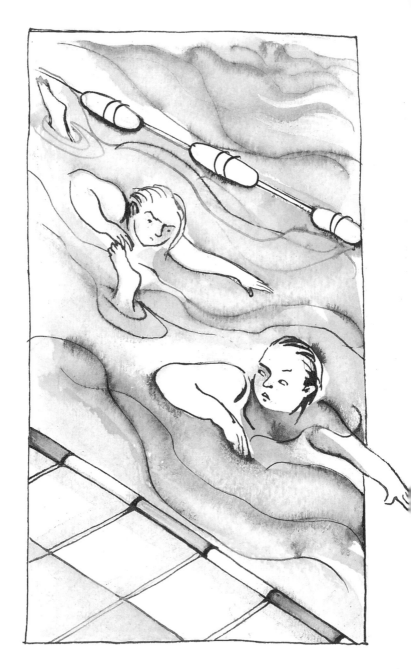

Hilbert staat hen op te wachten.

„Prima, prima!" zegt hij met een brede lach. Lotte kijkt de trainer vreemd aan. Waar heeft die man het nou weer over? Dit was niet prima, dit was geklier. Gewoon keistom!

„Ja, dat zag er goed uit," zegt Hilbert. „Precies zoals ik het hebben wil. Knokken voor je plaats. En dat deden jullie prima. Zo worden we kampioen. Nu de anderen nog."

Lotte kijkt hem alleen maar sprakeloos aan.

Na de training roept Hilbert de vijf meisjes bij elkaar.

„Ik heb jullie een paar keer geklokt tijdens het trainen," zegt hij. „Zoals ik daarstraks al zei, komen jullie een paar seconden tekort. Dat kost punten en dat kan niet. Ik denk er hard over om Ineke in de ploeg te zetten. Wie ik er uithaal, weet ik nog niet. Misschien moet ik meer wisselen."

Hij kijkt naar Katja.

„Het viel me op dat je al een paar keer last van kramp gehad hebt," zegt hij. „Tijdens de wedstrijd kan dat echt niet. Misschien is het een goed idee om Lotte de borstslag te laten doen en Ineke de schoolslag." Hilbert staat op. Voor hij wegloopt, draait hij zich nog om.

„Denken jullie zelf ook maar eens na over de samenstelling van de ploeg. Dat hoort ook bij de sport."

Ineke zegt niets, maar loopt de trainer achterna. Huppelend bijna.

Na de training fietsen Lotte en Katja weer samen naar huis. Opnieuw wordt er weinig gezegd. Voor Katja afslaat naar haar straat, staan de meisjes even stil op de hoek.

„Wat denk je, Lotte?" zegt Katja. „Die Ineke zal wel in de ploeg komen, zou het niet? Dan doe jij de borstslag en ik..."

Lotte kijkt haar vriendin even aan. Katja heeft veel getraind om haar tijden op de borstslag te verbeteren. Soms zwom ze zelfs harder dan Lotte. Juist omdat ze zo hard heeft gewerkt, mocht ze van Wim in de estafette-ploeg. Maar Wim is de trainer niet meer. Hoe zei hij het ook al weer? Er gaat een hoop veranderen in de club... Nou, daar heeft hij wel gelijk in gekregen.

„We zien wel," zegt Lotte. „Maak je maar niet druk. Ik denk dat hij ons gewoon op wil peppen om harder te zwemmen. Knokken voor je plaats, zo noemt hij dat. Nou, dat gaan we doen. Knokken! Tot morgen."

Ze draait om en fietst weg. Katja blijft nog even staan en kijkt haar lang na.

11. Winnen of...

De zaterdag voor de wedstrijd hangt Lotte
lusteloos in de bank. Ze heeft een popzender op
met haar favoriete groep 3T. Nog een training en
dan gaat het gebeuren. Maar eerst moet worden
besloten wie er in de estafette zwemt. Dat Ineke
zwemt, staat vast. En dus zwemt Katja niet. Of...
Lotte zucht diep, ze weet het niet meer. Zelfs 3T
kan haar niet afleiden.
„Wat een zucht," lacht haar moeder. „Is het leven
zo zwaar?"
Lotte haalt haar schouders op.
„Weet je wat," zegt moeder. „Ga even met me mee
naar de sporthal. Fietje heeft straks haar eerste
wedstrijd en dat is ook belangrijk. Papa is er al."

Een uur later zitten Lotte en haar ouders op de
tribune. Het volleybalteam van Fietje begint aan
de wedstrijd. Zes meisjes staan op het veld, een
staat er aan de kant. Ook Fietje staat opgesteld.
„Waarom staat dat meisje aan de kant?" vraagt
Lotte. „Zij is toch al langer bij de club dan Fietje?"
„Ze wisselen steeds na elke opslag," zegt haar
moeder. „Zo kunnen ze allemaal meedoen aan de
wedstrijd. Volgens hun trainer is dat belangrijk. Ze
doen zo allemaal wedstrijdervaring op. En voor de
nieuwkomers is het gewoon leuk."
De vader van Lotte schudt afkeurend zijn hoofd.
„Ik snap het niet," zegt hij. „Bij wedstrijden gaat

het om winnen. En ik vind het echt leuk voor
Fietje dat ze mee mag doen, maar kijk nu hoe ze
speelt..."
Fietje mist haar tweede opslag. Nu gaat de bal naar
de andere partij.
„Zo verliezen ze de wedstrijd nog," zegt vader.
„Dat is toch niet de bedoeling! Die trainer had
Fietje gewoon niet op moeten stellen."
„Het gaat toch niet altijd alleen maar om winnen,"
zegt moeder. „Die kinderen moeten ook gewoon
plezier hebben in de sport. Als ze dat nu niet
hebben, dan spelen ze later in echt zware
wedstrijden ook niet goed."
Lottes vader sputtert nog wat tegen. Na twintig
minuten is de wedstrijd voorbij. De ploeg van
Fietje heeft verloren. Maar het meisje komt vrolijk
aanhuppelen.
„Keileuk, hè, dat ik mee mocht spelen," zegt ze.
„De trainer zei dat ik het goed heb gedaan. Ik moet
alleen beter op mijn opslag letten. Nou, ik ben
weg, straks moet ik weer spelen! Doeg!"
Lotte kijkt haar zusje lachend na.
„Nou, één ding is wel zeker," zegt ze. „Fietje heeft
veel meer plezier in het volleybal dan in het
zwemmen. Of ze nu wint of niet. En die meisjes
vormen een team. Een echt team, en niet zoals..."
Lotte denkt even aan de estafette-ploeg. Ze staat
op.
„En nu moet ik weg naar de training. Kijken of
zwemmen nog leuk is."
„Knok ervoor," roept haar vader haar na.

Na de training laat Hilbert de estafette-ploeg weer bij elkaar komen.

„Het is me nu wel duidelijk," zegt hij. „De kracht van Ineke kan niet gemist worden. Die komt dus in de ploeg. Lotte ook."

Vreemd genoeg voelt Lotte geen opluchting. Ze wacht wat er verder komen gaat.

„Dat betekent dat er iemand van jullie reserve is," zegt de trainer tegen de andere meisjes.

„Hebben jullie erover nagedacht? Wie van jullie gaat eruit? Of moet ik beslissen?"

Hij kijkt Katja strak aan. Lotte ziet de lippen van haar vriendin trillen. We waren een team, denkt Lotte, en moet je nu eens zien. Winnen of plezier, waar gaat het nou toch om? En ineens weet ze het antwoord.

Resoluut pakt ze haar zwemtas op.

„Laat die toestanden maar, Hillie Krokedillie," zegt ze. „De gewone wedstrijden zwem ik wel. Maar ik doe niet meer mee met de estafette-ploeg."

„Ja maar, dat was de bedoeling niet," zegt Hilbert. „Als we nu..."

Lotte loopt weg, zonder om te kijken. En als ze de kleedkamer ingaat, kost het haar veel moeite om de deur niet met een klap achter zich dicht te gooien.

12. De laatste wedstrijd

De volgende dag zijn de afsluitende wedstrijden.
Het programma wordt vlot afgewerkt. Eerst de
wedstrijden voor de afzonderlijke zwemmers.
Vaak zijn die wedstrijden erg spannend. Lotte wint
de schoolslag, Ineke wordt tweede. Maar Lotte
kijkt haar tegenstandster niet eens aan. Ook
Hilbert keurt ze geen blik waardig.
Na de wedstrijd gaat Lotte direct naar de
kleedkamers. Ze is uitgezwommen. En naar de
estafettes, de afsluiting van het seizoen, kijken, is
wel het laatste dat ze wil.
De kleedkamer is leeg, de andere meisjes zijn nog
in het zwembad. Lotte pakt een handdoek en
droogt zich langzaam af. Dan wordt er op de deur
van de kleedkamer geklopt. Verbaasd roept Lotte
'ja'. Hilbert komt binnen.
„Ga je al aankleden?" vraagt hij. „Ja, eh, nou,
eigenlijk ben je ook klaar. Maar, eh..."
Lotte kijkt hem strak aan. Wat moet die man nou
hier?
„Wel, eh, wat ik wilde vragen is of je mee wilt
doen aan de estafette." Hilbert kucht even. „Ineke
is uitgevallen. Bij de laatste wedstrijd heeft ze
flink kramp gekregen. Ze wilde te veel vandaag en
daardoor heeft ze haar spieren overbelast. Jij bent
de enige die haar plaats in kan nemen..." Hij gaat
niet verder. De uitdrukking op het gezicht van
Lotte is te duidelijk.

„Goed, ik begrijp het," zegt Hilbert. „Jammer voor het team en ook voor jou." De man draait zich om en loopt de kleedkamer uit.

„Ja, aan mijn hoela," moppert Lotte in zichzelf. „Jammer voor het team, hoe komt hij erbij? Hij weet niet eens wat dat is, een team. Nu hij me nodig heeft, mag ik wel. Nou, mooi niet dus. Niet traag, maar graag."

In een rustig tempo kleedt ze zich aan. Buiten op de gang langs de kleedkamers is het stil. Als ze langs het hoge raam loopt, klinkt er ineens een kuch. Lotte kijkt op, naar de nis bij het raam. Daar zit Erwin, zoals vroeger na de wedstrijd.

„Hoi," zegt hij. „Ik denk, ik wacht maar even op je."

Lotte kijkt hem verbaasd aan. Wat moet Erwin nou hier?

De jongen springt uit de nis.

„Je hebt het zeker al gehoord," zegt hij, „van Ineke, bedoel ik."

Lotte knikt.

„Ga jij nu niet zwemmen in haar plaats?"

Lotte schudt haar hoofd.

„Dacht ik al," zegt Erwin. „Je bent boos, en dat zullen ze weten ook. Zo is het toch, hè?"

Lotte kijkt hem alleen maar aan.

„Maar waar is de Lotte nou die het altijd maar over haar TRB had? Over haar club, de gaafste club van het land? Nu laat je die club in de steek, terwijl we zo gemakkelijk kunnen winnen."

„We..." herhaalt Lotte langzaam. Erwin lacht.

„Dacht je nou echt dat ik in één keer in iemand van PZV verander? Natuurlijk niet, stompie. Denk eens aan al die wedstrijden die we gehad hebben dit jaar. En nu zijn we zo dichtbij. Kom op, Lotte, als jij zwemt, zijn die meiden van PZV nergens. We kunnen winnen, dat hebben we... dat heeft TRB verdiend! En dat hebben die meiden van ons eigen team verdiend! Daar kan geen Hillie Krokedillie iets aan veranderen!"

Lotte moet erom lachen, of ze wil of niet. Het is bijna net als vroeger. Ernstig kijkt Erwin haar aan. „Je kunt het, Lotte, je kunt het," zegt hij. Dan draait hij zich om en loopt de gang in. Voor hij bij de deur naar het zwembad komt, draait de jongen zich om.

„Als je wint, trakteer ik op de grootste ijsco die ze hebben. Ze hebben een nieuwe soort ijs, en je wilt niet weten hoe lekker die is! Goed?"

„Beter," lacht Lotte.

13. Estafette

Even later stapt Lotte het zwembad binnen. De drie meisjes van de estafette-ploeg zitten sip op de TRB-bank te kijken. De andere ploegen zijn al aan het inzwemmen.

„Hé, meiden, wat zitten jullie hier nou stil te zitten?" zegt Lotte hard. „Tijd om in te zwemmen, kom op, zeg. Aan één blessure hebben we al genoeg. Straks krijgt er iemand kramp in het water en dan zijn we helemaal in de boot."

Katja veert op als ze haar vriendin ziet.

„Bedoel je dat je...?"

„Dat ik meedoe, ja natuurlijk. Wat had je anders gedacht, sufferd? We zijn toch een team!"

„Keigoed van je!" Katja omhelst haar vriendin en maakt een dansje. De meisjes duiken het water in om in te zwemmen.

Als ze later hun startkaarten bij het startblok afgeven, kijkt Katja haar aan.

„Hoe moet dat nou straks, met Hilbert en zo?"

De trainer heeft zich wijselijk niet laten zien. Lotte trekt haar schouders op.

„Weet ik niet, hoor, niet van die moeilijke vragen stellen. Dat zien we dan wel weer. Nu gaan we PZV inmaken. Stelletje stumpers!"

Ze laat haar blik even over de tribune dwalen. Daar staat een figuur te dansen en te springen. Erwin. Lotte lacht.

„Nou ja, stumpers, op eentje na dan," zegt ze.
Katja volgt haar blik.
„Dus dat is ook weer goed," zegt ze. „Keigaaf."
De scheidsrechter roept iedereen zich gereed te
maken.
„Stilte voor de start graag. Laatste onderdeel, de
estafette, honderd meter wisselslag."
In het zwembad wordt het stil. Nu gaat het erom
wie kampioen wordt, TRB of PZV.
De meisjes gaan klaarstaan, in volgorde van start.
Eerst komt de rugslag, daarna de vlinderslag. Ten
slotte de schoolslag en de borstslag.
De rugslagzwemsters gaan het water in.
„Op uw plaatsen... Klaar!" Daar klinkt het fluitje.
De meisjes zetten zich af en zijn weg. Meteen
barst een gegil en geschreeuw los in het zwembad.
De zwemster voor TRB is goed gestart. Vier banen
ligt ze voor, maar dan komt een zwemster van
PZV gelijk naast haar. Ze tikken bijna op hetzelfde
moment aan, en de twee meisjes voor de
vlinderslag schieten weg. Nu loopt de zwemster
van PZV uit.
„Nu ben jij, pak ze!" roept Katja. Lotte gaat op het
startblok staan. Daar komt haar ploeggenote en tikt
aan. Lotte is meteen weg. Bij het eerste keerpunt
ligt Lotte nog iets achter. Het meisje van PZV
draait eerder weg. Lotte zet zich sterk af tegen de
muur. Lang zwemt ze onder water en komt pas
halverwege de baan boven. Aan het gegil weet ze
dat ze voorligt. Met een paar meter voorsprong tikt
Lotte aan. Katja neemt goed over en is direct weg.

De zwemster van PZV zet alles op alles, maar Katja behoudt de voorsprong. Als ze aantikt, kijkt ze direct omhoog naar Lotte en de andere twee meisjes van het team. Die hoeven niet eens te zeggen dat ze gewonnen hebben. Door het zwembad davert de kreet: „Tjieke hé, tjieke hé, tjieke, tjieke, TRB.”

Er zijn negen Zoeklichtboeken over Sport:

*

**

***

Lees ook de Zoeklicht School:

*

**

***